KB272267

더 그리운 것들

김정순 제2시집

시인의 말

어느 날, 핑크빛 꿈이 멈추고
웃음을 잃었던 시간,
내게 찾아온 詩는 삶을 지탱해 준
버팀목이었습니다.

세월이 주마등처럼 스쳐 지나가지만,
내 안의 이야기를 꺼내어 詩로 옮기는
일은 제게 깊은 위로가 되었습니다.

인생이 완전할 수 없듯
부족함을 하나씩 채워 가는 마음으로,
장미처럼 화려하지 않아도
은은한 향기로 자신을 알리는 풀꽃처럼,
한 땀 한 땀 정성을 다해 詩를 써 왔습니다.

늦은 나이에 학업을 마치며 잠시
멈추기도 했지만,
지난 5년 동안 틈틈이 써 온 시를 모아
두 번째 시집을 세상에 내놓습니다.

이 작은 시 한 편이
누군가의 마음에 조용히 스며들어
오래도록 기억되기를 바랍니다.

수련 김정순

1부. 봄은 향기로 온다

2부. 산다는 것은

3부. 그리운 것들

1부. 봄은 향기로 온다

찔레꽃 (어머니)

초록 햇살이 내리는
담장 아래 하얀 찔레꽃이
나를 부릅니다

그리움일까
새하얀 꽃잎 끝에
하트무늬 선명하게 그려 넣은 것은
어머니 사랑인가요?

코끝이 찡하게
바람이 전해 주는 향기가
자꾸 슬프게 합니다

지금쯤
고향집 언저리에도
찔레꽃은 순박하게 피어서
당신 마음 같은 향기가 가득하겠네요.

장미

나는
기억에 창고를 열어
아득히 먼
추억을 불러 모아
겹겹이 안고 서 있다

그대와 함께 했던
울타리 안의 시간들
흐린 날도
햇살처럼 눈부신 날도
모두 좋았다

다시
돌아갈 수 없어서
날 선 가시 위에
붉은 심장으로 피어
은은한 향기 뿜고 있는
든든한 버팀목이었다.

호미

쉬는 날 없이 찍어 대며
젖은 눈물로 한 세월
보냈었다

모진 세월
부여잡은 손 씨를 뿌려
바람 불면 꺾일까
비가 오면 녹아내릴까
주름진 삶, 근심 걱정
편할 날 없다

묵정밭에 근심은 매도, 매도
끝없이 자라 나오고
바람 같은 세월
닳아진 호밋자루 애환을 아는가,
고달픈 인생길 손짓하며
커 나가는 자식들
검버섯 핀 나는 그들의
어미였다.

봄은 향기로 온다

한 움큼 내려앉은
봄볕 한 자락에
소리 없이 움트는 봄

복숭아꽃, 살구꽃, 매화, 진달래
쫑긋쫑긋 내미는 입술
벙글어지는 깜찍한 자태
화사한 얼굴들

훅! 스며드는 향기
쌉쌀한 맛
달래, 냉이, 씀바귀, 머위
밥상에 널려있는 봄이 맛있다

매서운 꽃샘바람에
꽃잎 떨어져도 향기는 남아
열매가 자란다.

봄이 오는 길

동전같이 작은 불덩이 하나가
높이 떠서 동토에 온기를 내리니
겨우내 얼었던 대지 사르르 녹아
마른 가슴에 스미니 봄이 오겠네

벌거벗은 나목이
볼품없이 서 있는 쓸쓸한 숲에도
동안거에 들어 푸른 풀잎 하나 없는
허허로운 벌판에도 봄이 피겠네

죽은 듯 고요한 땅에
꽃씨 뿌리며 오시는 임은
바람 타고 오실까
구름 타고 오실까

그리워라 반가워라
날 보러 오시는 임 봄이여
설레는 맘으로 맞이하리다.

향수

복사꽃 햇살 아래
꿈 많은 친구들과

노닐던 고향 산천
지금은 어느 별에

때때로 그 시절 불러
옛 별들을 그리나.

고향의 봄

흐르는 세월 따라
청춘은 흘러가고

백발이 성성하니
꽃 피는 내 고향이

너무도 그리운 것은
돌아가고 싶은 곳.

고무신 연가

불현듯 그리우면
꺼내어 보는 까만 고무신이다

찔레꽃 같은 한 여인이
심장 같은 일곱 송이를 두고
꽃들과 이별하던 날
내 구두와 바꾸어 간 까만 고무신

한평생 어머니와 일체가 되어
어디든 푸른 들녘을
거침없이 달려왔을 까만 고무신

코스모스같이 가녀린 여인이
풀잎에 맺힌 새벽이슬로 발을 씻고
붉은 말보다도 더 빠른 걸음으로

고추밭으로 콩밭으로
감자밭으로 가서 허리 한번 쭉 펴고
하얀 감자 꽃을 바라보긴 했을까

고운 햇살 등진 봄날 뙤약볕 여름날
계절을 챙기고 고사리 꺾었을 당신
가난에 멍든 모습이 아리게 떠올라
뜨겁게 흐르는 것이
강물같이 고이는 밤이다.

민들레

본시 태생이 소박하여
척박한 땅에 앉아
하늘바라기 같은 천년의 숨결로
깊은 향을 가졌다

자리 잡은 곳
한 뼘이면 좋겠으나
돌담 아래 어느 모퉁이
새어드는 빛 한 줄기 있어
내 사랑 같이 웃는다

때때로 자양분 좋아하는 이가 있어
움푹움푹 파이며 살점 떼어줄 때
여린 듯해도 강인함이 있어
훌훌 비워내듯 번져가는 향기가
세상 곳곳에 스미어
주름진 얼굴에 검버섯 피듯
송이송이 장 꽃이 필 것이다.

매화

꽃바람이 분다
긴 겨울을 얼마나 잤을까
훈김에 눈 비비며 기지개
켜보니 봄이다

빈 밤을 거침없이 달려와
잉태한 꽃망울
지진이 일어난 것처럼
들썩들썩 생명이 움트는 소리
별처럼 떨림으로 오는 숨결이다

꽃이 돌아와 뽀얀 속살 보이며
눈을 뜨고 말갛게 웃어주니
마음이 환해져 내 안에도
봄이 물들었나, 향기로 가득하다

나를 찾아주는 임은 없어도
한 송이 꽃이 되어 아름다운
결실을 맺어 놓고 가련다
내 마음에도 봄은 움튼다.

봄 봄이구나

따뜻한 봄기운에
얼어붙은 가슴 녹아내리고
물빛 잔잔하게 흐르는 개여울에
철새들이 찾아든다

왜가리, 쇠백로
먹잇감 찾는 애틋한 몸짓
긴 머리 날리는 수양버들
연둣빛 이파리가 눈이 부신다

가는 곳마다 봄볕 한 줌에
기지개 켜고 나온 어린 새싹들
싱그러운 꿈을 키우고
언덕 위에 개나리꽃
수천수만 개가 노란 꽃등 밝혀
상춘객(賞春客) 맞이한다.

농부의 황금빛 꿈

황새 날아든 질퍽한 논
바람이 매달려 써레질할 때
구멍 난 논둑을
장화 발이 도배한다

겨우내 묵은 나락은
비상을 꿈꾸며
봄 햇살을 반겨 입는다

크고 작은 고무 대야 둥지에서
칭얼대며 태양을 품고
잉태하는 볍씨들
꿈의 터전인 듯
흙섬에 묻혀 잠수하다
못자리에서 눈웃음치며 걸어 나와
민들레 옆에 앉는다

한 주먹씩 묶인 모 타래 새싹은
못줄에 맞춰 나란히
줄지어 서서 춤을 추고
농부의 마음은 오색 쌀을 꿈꾼다.

성산일출봉

제주의 봄이
나를 보고 싶어 하기에
새벽하늘을 날아서
아름다운 섬에 왔습니다.

추억을 소환하여
해안가를 거닐어 보고
가쁜 숨 몰아쉬며
그대에게 가는 계단을 오릅니다.

상쾌한 바닷바람은
머리에 쓴 모자를 날리고
코끝에 스며들어 온 더덕 향기가
마스크를 잠시 벗겨 놓습니다.

바람도 쉬어가는 성산일출봉,
해와 달이 노닐다 가는 풍광이
참으로 아름답고 경이롭습니다.

커다란 사발같이 넉넉한 가슴에
더는 다가가지 못하고
초록빛 그리움 가득 안은 모습만
내 눈에 담고 발길을 돌립니다.

폐교

왜, 이리 되었을까
빛이었다가 빛을 잃어버린 둥지는
종달새 노랫소리 들리지 않는
빈 운동장만 바라본다

긴 세월 바람과 햇살처럼
거쳐 간 떡잎들은
세상에 아름다운 별이 되었을까
추억에 양은 도시락 까먹을 때
우렁알처럼 보리밥 구르는 소리
풍금 소리처럼 젖어들까 봐
커튼이 뿌옇게 가려진 교실 창문 바라보다
돌아가는 햇살 한 줌이다

김밥 싸서
교가 부르며 소풍 가던 날
갈래머리 소녀처럼
두둥실 춤추던 뭉게구름 한 송이
아련한 그리움이다

아이들 웃음소리 멈추고
바람만 휑하니 부는 운동장
긴 머리처럼 늘어진 버드나무에
하얀 달이 돋는다.

졸업

꿈 많던 소녀에 육 년 세월
반짝반짝 빛나는
종이 한 장에 담았습니다

비가 오나 눈이 오나 바람이 부나
쪽빛 같은 하늘 우러러볼 때
잘 되어라 참되거라
어린 가슴에 새겨 주신 말
밑거름이 되었습니다

정든 교정을 떠나는 것이 아쉬워
흐르는 눈물 손등으로 훔치지만
작은 별들은 더 큰 별을 찾습니다

하늘 같은 은혜 가슴에 담고
또 다른 길을 걸어갈 때
젓 결실은 꼬리표처럼
생의 첫 이력 한 줄을 자리합니다.

라일락

별꽃처럼 향기롭게
자신을 뽐내며 피어나고
어우렁더우렁
멈추고 싶은 시간인 듯
기쁨 주며 사랑받았다

성숙으로 짙어가는 봄날
진한 향기 솔솔 내뿜으면
바람도 가던 길 멈추고 다가와
코끝이 찡하게
내 이름 부르며 스며들었다

간간이 구름이 그늘을 만들고
비에 젖어 외로운 날
첫사랑에 그리움을
잎새마다 짙게 새겨 넣었다.

아버지의 감나무

배고프던 시절 사탕이 먹고 싶어
토방에 앉아 칭얼대던 여자아이가 있었다

그런 나에게
아버지는 우산 같은 나무였다

시무룩한 딸아이가 안쓰러웠는지
어느 날 출타했다 귀가한 아버지는
나를 부르며 화단에 감나무를 심자고 했다

쌍둥이처럼 두 구덩이를 파고
두 그루의 감나무를 심으며
이 나무가 자라 달콤한 감이 열리면
사탕보다 더 맛있을 게다

사람은 참고 기다릴 줄도 알아야
세상을 살아갈 수 있단다

내가 나이를 먹는 것처럼 감나무도
함께 자라 우산처럼 무성한 나무가 되어
감꽃이 피고 열매가 영글어 갔다

생을 살아오면서 힘이 들 때
상념에 잠겨 감나무를 바라보면
그늘로 들어오라 손짓하는 것 같고
스치는 바람은
아버지 서간문처럼 다가왔다

아버지는 감나무를 땅에 심은 것이 아니라
사탕처럼 달콤한 홍시를 내 손에 쥐여 주며
참고 기다릴 줄도 알아야 하는 인내심을
어린 가슴에 심어 주고
마침내
수확의 기쁨까지 알게 하신 것이다.

자주목련 아래서 (아버지)

새봄이 연둣빛 안부를 쓸 때
자주목련꽃 아래 서면
유난히 꽃을 좋아하던
당신을 생각합니다

고단한 꽃 보고 꽃을 보라고
고향집 앞마당 화단에
영산홍, 자산홍, 작약, 자주목련, 모란 등
정성을 기울여 꽃밭을 가꾸었지요

그런 꽃을
식구들 끼니 걱정하던 꽃은
당신이 출타한 틈을 타
군청 면사무소에 입양 보내듯
조경수로 팔았지요

휑하니 움푹 페인 화단을 보고도
아무 말 못 하는 당신
먼 산에 운무 피어오르듯
뿌연 담배 연기만 뿜어냈지요

고단한 꽃은
당신 마음 헤아릴까요.

그대에게 가는 길

연분홍 얼굴로 앉아
흐드러지게 웃는 가로수 벚꽃이
잘 다녀오라 합니다

다섯 평 터전이 천국인 것처럼
그 자리에 안착한 지 벌써 수십 년,
간간이 그대를 만나러 가는 길은
차분한 마음에 애련함이 있을 뿐
모습도 희미해져 갑니다

긴 세월 한 터전에 누워
아직도 날 기다릴까 싶으나
달리는 차가 날아간다 싶으면
굽어보는 하느님인 듯 띵동, 띵동
천천히 가라고 잔소리합니다

만나면 수줍은 진달래처럼
사뿐히 안아주지도 않지만
살짝 기울고 내려앉은 봉분으로
내게 말을 건네옵니다

흐르는 세월만큼 모습도 변했으니
그 마음 이제 여기 두고 가라고...

벚꽃

그녀가 왔다
기왕 왔으면 한 계절 머물다 갈 것을
단 며칠 눈부시게 살다가
무수한 언어를 쏟아 놓고 간다

화려하면 생이 짧은 것일까
그 짧은 생을 살며
그녀는 많은 이들에 사랑을 받고
가없는 행복을 주며 결실을 보아 놓고
가벼워진 몸 하나 바람에 기대어
눈꽃처럼 떨어져 간다

나무는 절절한 꽃에 그리움
잎새에 담아 작은 사랑 하나
푸른 햇살 아래 키워간다.

예쁘다, 너

척박한 환경 속에
살아가는 형제자매가 많아도
꿈은 다 다르고
어느 집에나 돌연변이처럼
돋보이는 아이는 있다.

꿈

한 번이라도 별이 되고 싶어
구석진 곳에 웅크린 네모난 것을
꺼내 들고 한 장씩 넘기며
별을 보듯 바라게 될 것이다

초라한 작업복을 벗어놓고
분내 나는 삶으로 거듭나
책갈피가 닳도록 사랑하며
방랑자 같은 여정에 시를 줍고
어느 한적한 숲에 묻혀 시를 쓰며
남은 생을 살고 싶은 것이다

꿈이라면
기댈 곳 하나 없이
별을 향해 갈 것이다.

아버지와 원앙 소리

첫닭 울음소리보다 먼저
새벽을 열어
마당을 정갈하게 쓸어놓고
할머니 기침하셨냐 묻는 듯
토방에 앉아 헛기침 두어 번 하신다

외양간 여물통 비워지고
아버지 지게에 쟁기를 업고
사립문 나서면
워워 이랏 다랭이논 쟁기질에
일어서는 흙
황소 원앙 소리 장단에 춤추는
황금물결 풍년을 바란다

매일이 별다를 게 없는 간고한 세월
굽이굽이 물결치듯
주름진 인생이 세월에 등 떠밀려와
노을처럼 물든 언덕 아래 앉아
마음 한 자락 풀어놓는 듯
회상에 젖는 아버지다.

장난감 놀이

언 땅 녹아 봄볕 스며든 3월이면
우리 아파트 공동 텃밭을 분양하는데
그 열기가
강남 아파트 분양받는 것보다 뜨겁다

왜 아니겠는가?
천백오십오 세대가 사는데
손바닥만 한 고무통 텃밭은 백육십 개다

피 같은 시간을 사십 분 투자하여
선착순으로 받은 작은 텃밭
자양분 흙에 골고루 섞어
상추, 고추, 가지, 토마토 모종을
두세 개 또는 열두 개 심어 놓고
수시로 드나들며 시 짓는 맘으로 살핀다

따스한 햇살 아래
자박자박 발소리 먹고 자란
싱그러운 자태 희열을 느끼며
잡다한 생각들을 쌈 싸 먹을 때
엄마가 나도 이렇게 키웠겠지 한다.

그대가 오면

봄바람 불어 매화 벙글어지던 날
청초한 얼굴로 뜨락에 나와
환하게 웃던 너
소소리바람에 놀라 움츠린다

꽃샘추위에 멍울진 가슴
따스한 햇살로 오는 그대를 기다리다
차갑게 굳어진 얼굴
하얀 달빛에 걸어 놓는다

봄을 시샘하는 바람에도 잔설은 녹아
계곡에 심장 뛰는 소리 들려오고
내리는 봄비
자박자박 마른 가슴에 스며들어
파릇한 새싹 돋아 자라는 희망이다

바람도 잠이 들어
봄볕 한 줌 따뜻이 내리는 날
달래, 냉이, 쑥, 고사리 찾던
어느 소녀의 기억을 소환하여
들로 산으로 봄 냄새 찾아가 보련다.

진달래꽃

봄볕이 좋아서인가
가파른 돌 틈 사이에 피어난
연분홍 진달래꽃

파릇한 이끼 깔고 앉아서
누굴 기다리길래
이 자리만 고집하며 꼭 여기로 오는가?

수줍은 얼굴
가냘픈 몸짓 사이로 드러나는
다섯 잎 고운 살결

또 볼 수 있을까
봄은 또 오겠지

나와 네가
소망하며 기다리는 마음에
오늘처럼 예쁜 것들이 피어서
화사하게 물들이는 저 숲처럼.

하얀 민들레

비옥한 곳에서 살아 보려고
참 많이도 애쓰는구나!
더워도, 더워도 더운 올여름
헉헉대며 잘 견디어 낸다.

산다는 것이 질기고
속울음 우는 것이라 해도
순풍에 돛 단 듯
생도 그렇게 흐르면 좋은데
때로 거센 풍랑에 폭우도 있다

어쩌랴 세상사가 삶이
비우고 채우고
흔들리며 사는 것이라 해도
가장 낮은 곳에 앉아
푸른 하늘 바라보는 나는
참 사랑받는 꽃이다.

꽃과 태양

나는 꽃
당신은 태양

당신은 나를 비춰 줍니다
나는 당신을 안고 곱게 피어납니다
나는 당신을 안으면 세상이 두렵지 않아
걱정 없이 살아갑니다

만일 당신이 안 오시면
나는 생기를 잃고 고난을 겪으며
시름시름 앓다가 야위어 가겠지요
당신이 떠나고 나면 어둠이 내립니다
그러나 아침이면
당신이 찾아오실 거라 믿어요
나는 그리운 당신을
매일매일 기다리며 피어납니다

나는 꽃
당신은 태양.

그 섬에 가면

어느 섬 마을을 달려가는데
일렁이는 초록빛이 나를 부른다

청보리에 향수가 컸던 것일까
꿉친구 보기라도 한 듯
설레는 마음으로 뛰어갔는데
청보리가 아니다
청보리보다 더 반가운 밀이다

여름날 저녁 홍두깨 밀반죽을 밀어
온 식구 밥상을 칼국수로 차리던
청보리보다 더 가녀린
내 안의 그 소녀를 불러내어
지금 보고 있는 것이다

봄이 오는 그 섬 우도에 가면
낮은 돌담에 소곤대는 햇살이
유채꽃을 반기고
바닷바람에 일렁이는 풋풋한 밀밭이
그리움을 부른다.

수선화

봄바람 불어와
괜스레 마음 울적해진 날
뜰에 나와 그대 생각에 젖어
다소곳이 앉아 있습니다

그대 먼 별에 있기에
보고 싶은 내 마음
참아 견디면 되겠지만

불쑥불쑥
마음 헤집어 놓은 그리움은
지우고 지워도
봄날 새순처럼
생각이 자라 나옵니다.

초보 운전

햇살도 좋은 아침이다
핸들을 잡고 가는 출근길이
즐겁기보다 담담하다

왜, 이렇게 초조할까
마치 남에 옷을 걸쳐 입은 것처럼
끌고 가는 차가 짐짝같이 느껴지고
도무지 편치 않다

마음은 조마조마하고
굳어진 몸은 마네킹이다

그래도 무사히 끌고 가나 했는데
조신하게 서 있는 앞차 엉덩이를
쿵 하고 나서 핑 도는 눈물
떨리는 손으로 다급히 전화를 한다

요보야 어떻게 나, 사고 냈어요
아이고! 잘했네, 참 잘했어
거 다친 사람은 없는가?
사고 처리반과 한걸음에 달려온 남편
당신 오늘 또 하나 배우느라
고생 참 많이 했다.

반쪽

햇살처럼 따뜻하고
소나무같이 올곧고
향기로운 당신은
살가워서 미운 사람이다

그럼에도
몇 날 며칠 아니 수십 년 나날
그냥 당신을 사랑해서
나는 슬프다.

태동하는 봄

새봄은 내 봄이다

한겨울 내내 데면데면
그냥 지나쳤던 뜰
봄기운에 여기저기 살며시 찾아온 봄
눈 맞춤 해 본다

독야청청 푸른 솔은
마음을 다잡게 하고
한파를 견디며 더 강해진 붉은 산수유
알알이 철 지난 열매 놓지 못한 채
봄을 키우고 있다

봄눈이 겨울처럼 내리기도 했건만
돌담 아래 수선화 고개 내밀어 반기고
작약이 자줏빛 탯줄 밀어 올리니
목단이 질세라 쫑긋 입술 내밀었다

이 계절에 아우성치는 별들은 알까
너와 내가 갈망하는 따뜻한 봄을
겨울은 밀어내지 않아도 가고
나는 내 꽃밭을 가꾼다
새봄은 내 봄이다.

당돌한 여자

겨울을 이기고 온 나는
청순하고 향기로운 여인이다

머리부터 발끝까지
하나 버릴 게 없는 진국(眞국)
매끈하게 쭉쭉 빠진 자태
뽀얀 살결 보이는 게 쑥스러워
살짝살짝 감추고 있는 보물이다

멋없이 걸쳐 입은 매무새
날씬한 모습만 보고도
나를 좋아해 준다면
혜안(慧眼)이 있는 당신은
진실한 내 사람이다

진정 그런 사람을 만날 수 있다면
수수하게 걸쳐 입은 옷 살짝살짝 벗고
알싸하게 품고 있는 향기로
검은 머리 백발이 될 때까지
맛있는 요리사가 되어
마음에 있는 풍경을
예쁜 접시에 담아낼 것이다.

히어리꽃

한강을 거슬러 와
안산 허리를 휘돌아 나가는
인위적 계곡 옆에 선 노랑 그녀
나를 보고 두 팔 벌려 반긴다

왠지 낯설지 않은 꽃이다
이름도 자태도 외국 아씨 같은데
이 땅에 신토불이 꽃이라네
그래서일까
매달아 놓은 노랑 꽃 등이
청사초롱 닮았다

앙칼진 바람이 흔들어도
그 자리에 꿋꿋이 서 있는 노랑 그녀
발아래 아기 원추리 재잘대는 계곡
박새, 까치, 어치, 직박구리로 이룬
봄 하모니 오케스트라 펼쳐 놓고
저마다 가슴에 사연 하나 있을
오가는 상춘객 맞이한다.

2부. 산다는 것은

내일이란

바라는 세상에 너와 내가 웃는
그날이 오기를
기다리며 사는 것이더라

하루에 내린 어둠을
걷어내며 오는 새벽은
또 하루 훗날을 위해
열심히 살아내게 하는 것이더라

해와 달이 머무는 시간을
후회 없이 살아내고
내일을 기다려도 자고 나면
사는 것은 또 오늘이더라

내일이란
지금 이 순간 어떤 고난에도
버팀목이 되어
봄을 꿈꾸게 하는 희망이더라.

산다는 것은

산다는 것은 일상을 사는 것이다

너와 나, 우리 가족을 위해
사랑이란 이름으로 욕망을 채우려
세월이 영원한 것처럼
영원히 살 것처럼 아등바등 살아내며
그날의 문장을 써 가는 것이다

산다는 것은 시간을 사는 것이다

해가 뜨나 해가 지나 비바람 불어도
항해하는 인생 배의
소유물처럼 싣고 가는 사랑 욕심 야망은
흐르는 삶 속에 흔적을 남기려는
끝없는 욕심인 것이다

산다는 것은 노을 같은 것이다

어느 날 갑자기 이슬처럼 사라지는 것,
일상 속 희로애락과 동행하며
볼 수도 만질 수도 없는 그리움 하나
밥인 것처럼 남기고 가는 것이다.

어머니

하루라도 풀을 매지 않으면
쑥대밭이 될까 쉬지 못하고
거친 숨 몰아쉬며 들꽃 같은 호미는
비탈진 콩밭에 가는 것이다

누가 호미에 마음을 아는가
생계를 위해
콕콕 찍어대는 자국마다
서러운 날에 눈물 고일 때
고추밭 이랑에 앉아 풀 매던 날
뜨거운 햇살에
갈증은 타들어만 갔다

자나 깨나 내 새끼 걱정하듯
평생 흙냄새 맡으며 땅을 일구고
홀로 손 씨를 뿌릴 때
멀리 사는 자식보다 바람과 햇살은
생애 친구였다.

밥집에서

비린 냄새 풍기는 시장 속
좁은 골목에서 갈치조림을 기다린다

내 생에 줄 서는 일은
출세도 명예도 아닌 질서 유지로
줄을 서 본 것이 다인데
모모 방송사가 방영한 맛집에서
평범한 밥 한 끼
갈치조림 먹으려고 줄을 서 있다

임금님 수라상도 아니고
본 메뉴에 계란찜 두세 가지 찬이 다인데
내가 서 있는 줄에 매달리는 사람이
끊이지 않는다

매스컴의 위력이 이런 것일까
이 집은 해가 뜨고
저 집은 파리가 날리는 풍경이다

밖에서 사 먹는 밥 한 끼,
기왕이면 맛집이 당기는데
점심 먹고 나오다 딱 마주친 옆집에
공연히 미안한 마음이다.

안스리움

유월에 푸른 햇살 두르고
쑥뜸 사러 종로에 갔다

쑥뜸을 사고 돌아오려는데
길 건너 도로에 앉아 있는 꽃이
날 부른다
횡단보도 건너가자
얼굴 빨개진 꽃이 내 마음 아는 듯
살포시 품에 안긴다

길가에 버려진 빈집 주워다
반질반질 새집 만들어
당신처럼 마음 하나 심었는데
우아하게 들어앉은 꽃이
나를 보며 자꾸 웃자고 한다

꽃이 심장을 닮아서일까
볼 때마다 흐뭇한 안스리움
하트 모양 같은 초록 이파리 위로
붉게 피어나는 자태가 불꽃같다

좋은 인연은 이렇게 시작되는 거지
너와 나처럼.

밥상 위에 팥칼국수

팥 삶는 냄새에
유월에 저녁이 되돌아온다

해 시들어 갈 무렵
울 엄니 새까만 유월 돈부 삶던 날
대청마루에 빈 비료포대 깔리고
자매가 홍두깨 밀반죽을 밀었다

한소끔 끓이는 가마솥에
팥칼국수 휘저으며 엄니 꼭 하시는 말
아가 느그 큰고모랑 해평 댁 혼자 있응게
얼른 오셔서 따끈하니 한 그릇
같이 드시자고 해라잉

배고프던 시절 앞마당 평상에
팥칼국수 놓인 밥상우
깍두기 나박김치만 놓여 있어도
최고의 만찬이었고 따뜻한 마음이
함박꽃처럼 흰 앞치마에 피어났다

통 큰 엄니 표 팥칼국수 끓이는 날은
그냥 와도 되는데
바꿔 먹자며 흰 쌀밥 살짝 들고 오는 이
마을에 두세 명 있었다

밥상 위에 팥칼국수 한 그릇은
이제 별미로만 보이지 않는다.

백두산

꿈에 그린 천지
가장 높은 산꼭대기에
하늘 눈빛으로
웅장하게 들어앉은 모습
참으로 경건해집니다

밖으로 내보내는 물은 있어도
안으로 들이마시는 물은 없다는 천지
그분이 펼친 하얀 도포 자락
걷어내야 비로소 볼 수 있는
천지 비경입니다

뉘라서 그분을 대적할 수 있으리오
더는 오를 수 없는 곳까지 올라온
바람과 햇살도 다시 한 계단 한 계단
내려갑니다

청과 홍이 쓰는 말은 하나인데
언제나 하나 된 땅을 밟고 와
시간에 제한 두지 않고 자유로이
천지를 볼 수 있으리오

바람 따라 해바라기 하며
자유로이 자란 자작나무처럼
웅장하고 장엄한 천지 비경
비둘기처럼 드나들 날 기다립니다.

마른장마

그대가 오기를
어제, 그제, 그끄제도 기다리고
오늘도 기다렸건만
여우처럼 간만 보고
그대는 오지 않았습니다

내일모레, 글피, 그글피도
그대가 온다는 소식은 없어
흰 구름 먹구름 말처럼 떠도는
하늘만 바라봅니다

혹
그대가 눈물 보이면
꽃에 마음이 아플까 봐
울지도 못하는 것입니까?

땡볕에 앉아
그대가 오기를 기다리다
장작불처럼
속이 바짝바짝 타들어 가는
꽃에 마음을
알기나 하는지요?

홍수

하늘에 구멍이 뚫려 퍼붓던 밤
우리네 보드라운 보금자리는
흙탕물이 주인인 양 흥건히 들어앉아
모두가 편히 눕지 못했다

엄마랑 걸었던 그 밭둑길도
달려드는 누런 수마가
삽시간에 삼켜 버리고
구름처럼 희망이 둥둥 떠내려가
발만 동동 구른다

불어난 홍수에 망가진 채 쓰러져
떠내려가는 잡초는
숨이 멎은 듯 찢겨져 있고
산책길에 엄마는 없고
발자국만 흔적 지운 채 잠겨 있다.

그날의 양심

볕뉘 같은 지인 내외가
집에 오던 날
흥얼흥얼 마음이 들떴다

근데 뭔 바람이 불어서
오늘 여그를 왔는가?
꼭 도깨비 같구먼
모처럼 왔응게 밖으로 나가요
집 근처 횟집에서 담소 나누며
점심을 먹었다

인근에 찻집이 없어
손님을 모시고 집으로 돌아오던 길
아파트 공동 텃밭에 잠시 들렀는데
취기가 있는 바람이 순식간에
방울토마토 두세 개를 따 먹으며
주황색이 제일 맛있어 한다

오메 환장혀
서리도 옛말 이제
그건 우리 것이 아니어라우

봤을까
날, 우리를 알아봤을까

토마토 서리 말고
그 가슴속 양심 없는 마음을

설렘도 잠시
황당하고 미안한 마음으로
텃밭을 빠져나왔다.

바다의 눈물

에메랄드빛 풀어놓은 듯
하늘같이 깊고 넓은 그대 가슴에
뛰어놀며 건져 올리기만
했습니다

그대 가슴은 속으로 속으로
검게 멍든 줄도 모르고
꽂은 만선을 채우려 보채기만
했습니다

해 질 녘 둘러보는 듯
붉게 물들이며 사라질 때
하얗게 솟구치는
그대의 눈물을 보고
소중한 것은
아끼고 사랑해야 한다는 것을
알았습니다.

지는 해

장대 같은 작달비 그쳤으니
임의 고통도 사라졌을까
지고 있는 태양을
내내 바라보고 있는 동안
내 마음도 끊임없이 아팠다

누가 알 수 있을까
서녘 하늘이 붉은 꽃으로 물들면
멈출 수도 돌아갈 수도 없는
내 안의 고통이 더 크게 멍울져
붉은 강처럼 속울음 울었다

통증이 희미해지듯
저기 은하수에 추억도 흐를까
황금빛 주단 풀어놓은 서쪽 하늘에
떠나지 못한 그리움이 번지면
하루를 마시는 나는
막걸리 같은 생이다.

그 꽃

시인은 죽어서도 꽃을 피운다 하니
난 죽어서도 그 꽃을 피우고 싶소.

잠시 스친 바람

비에 씻긴 하늘처럼
섬마을에서 약초 강의했던 그도
어느 시인의 문학관에 있던
그 아래 꽃처럼 외로웠을까

내일은 뭐 하세요
낼 같이 식사할래요?
왜요
대화 나누고 싶어서요
다급하게 이어진 문자 물음 꼬리들

꽃은 맞지 않은 레벨이라고
그냥 그어버린 선
들어보지 못한
그의 내면에 소리 때문일까
햇살처럼 잠시 느껴지던 그가
문득 생각난다

음악 여행 즐기는 약사, 작가, 연출
우거진 숲 같은 팔방미인이라도
속은
갈대처럼 비어 있을지 몰라.

김수영의 소리

도봉구 방학동에는
거대 은행나무가 사는 근처에
잿빛 문학관 하나가
어두운 시대를 곡예사처럼 살다 간
한 자유시인의 곧은 소리처럼 서 있다

시인의 메리야스 같은 흰 벽
가슴 곳곳에 새겨진
온몸 시학 시어들 앞에 꿋꿋이 서서
나는 당대 최고 지성인이 말하는
고매한 정신처럼 떨어지는 폭포
곧은 소리를 읽는다

시작(詩作)은
왜 온몸이어야만 하는가?
눈 생각 마음 가슴도 있는데

도봉구 방학동에는 은행나무처럼
흰 벽에 꿋꿋이 서서
사랑 죽음 자유 평화를 위해
계절과 주야도 높이도 폭도 없이
기침하는 젊은 시인의 소리
곧은 소리가 있다.

쌈지공원

남산 자락 숲길을
터벅터벅 홀로 걷는다

쌈지공원 작은 호수에
해님이 세안하고
돌담 아래 훈민정음 책비 하나
바른 소리로 앉아 있다

눈부신 책비가 왜 여기 있을까
누군가 등 뒤에 있는 듯이
떠미는 듯이
훈민정음 뜻을 기리라고
내게 말을 한다

그래서일까
자음과 모음이 일어나
바르게 한 단어를 쓰더니
또 사랑이라고 쓴다

오늘처럼 햇살도 바람도 좋은 날
그리운 이에게 시 한 수 지어
남산 자락 숲길에
아니, 세상 속에 심어 놓으련다.

아버지

분신처럼 지게 하나 등에 붙이고
고향 산천 발길 닿지 않는 곳이 없고
잠시 잠깐도 손이 쉬지 않는
사람입니다

딸 부잣집의 딸들인 양
조석으로 화단을 들여다보며
자산홍, 영산홍, 목단, 목련, 작약, 붓꽃 등
많은 꽃들을 조화롭게 가꾸는 것을
좋아하는 사람입니다

또 하나 꼭 당부하신 말씀은
너희들은 살면서
형편이 좀 넉넉하면 그냥 주고
형제들끼리 돈거래는 절대 하지 말거라,
가슴에 말을 심은 사람입니다.

돈

그는 막강한 힘을 가졌다
그것으로 세상을 움직이고
사람의 마음을 움직인다

그는 희로애락이 있는 자리에
단 한 번도 빠지는 법이 없다
소나무처럼 어깨를 우쭐하게 하기도 하고
마른 풀잎처럼 만들기도 한다

그가 있으면
푸른 하늘에 종달새처럼 즐겁다
그가 없으면
고무신 신고 자갈길을 걷는 것 같다

온갖 손을 다 거친 그를
좋아하지만 사랑하지 않는다
그는 생이 다할 때까지
함께 살아야 할 동반자일 뿐이다.

1원에 가치를 아는 사람들

사람들 사이에 결코 웃지 못할
흐르는 강 하나가 전파되고
그들의 열정은 태양이 달구어 놓은
아스팔트 열기 같다

출근길 또는 직장, 공원, 거리에서
매일 만나는 익숙한 얼굴들이
똑같이 각진 무기 하나 손에 들고
액정을 열어 토스에 동공을 박고
라이브 쇼핑 기타 등을 보며
공중에서 푼돈을 줍는 중년, 노년들
그들은 누구일까요?

공원 산책길에서 먼 산을 보기도 하며
마치 주어진 하루 일과처럼
두 발을 굴리며 도보하고,
놀이도 아닌 놀이를 경주하듯
토스에 눈을 박고 포인트를 모으며
황혼의 무료함을 달래는
그들은 누구일까요?

그들이 말하기를
박 가는 포인트를 모아 쌀을 사고
이 가는 벗과 점심을 먹었다고 웃는데
저들의 말 속으로 들어가 보면
그들은 찬밥 한 덩이 찬물에 말아
된장에 풋고추 하나 푹 찍어 먹으며
억척스럽게 살아온 또 살아갈
이 땅에 민초들이다.

산정호수

누구의 눈물일까
태고의 전설이 명성산에 흘러
천 년 눈물이 고인
호수에 풍광을 바라본다

바위산 품은 안온한 물결도
하늘이 노할 때
황태자 따라 우는 울음산처럼
호수에 눈물도 넘쳐흐른다

삶의 지친 뭇 별들
호수를 보러 오는 것일까
무겁게 짓누르던 어깨에 멍울
초록 햇살 같은 눈으로
편견 없이 씻겨 주는
치유의 호수이다

살아 있다고 해서
산 것이 아닌 이슬 같은 생
더 깊고 더 넓은 세계로 가는 길
밝혀주는 산정호수이다.

사라진 길

하늘이 물을 쏟아붓던 날
숲은 편히 잠들지 못했다
뽀송뽀송한 둥지
오간 데 없이 폭우가 할퀴어
온몸이 피투성이다

그대와 걸었던 그 강둑길
순식간에 달려드는
거센 황톳물이 삼켜 버리고
행복이 둥둥 떠내려간다

오물을 뒤집어쓰고
수면 아래 묻힌 풀숲에 고통
보이지 않는 그대를
두리번두리번 찾다
제 설움에 우는 여인이다.

한탄강 주상절리

12만 년 전 용암 분출로
철원에 태어난 웅장한 비경이
만나자 하여 바람 따라왔습니다

왕건 반란에 쫓겨 궁예가 쉬어 간
드르니 쉼터엔
청록색 잔잔한 강물 소리 바람 소리
그림 같은 화강암 절벽에 햇살이 어우러져
참으로 아름다운 풍광입니다

3.6km 주상절리길, 신(神)이 만든
화강암 현무암 신비스러운 기암괴석
다채로운 바위 절벽 시원한 폭포 노송
경이로운 비경에 눈이 호강하며
푸른 물길 따라 추억을 쓰며 걷는 행복입니다

가지각색 화려한 풍치(風致) 속에
풀빛 강물도 주상절리 옆구리 스쳐
우쭐우쭐 협곡 휘돌아
임진강 만나러 합수머리 가는데
경치 빼어난 순담계곡 보지 못한 아쉬움
이 계절 지나 단풍 들면 또 오려나……

하루

아침을 깨우는 새소리가 정겹다
출근하는 아이
지하철역에 데려다주러 가는 길
만원을 싣고 달리던 버스가
느린 걸음으로 꼬리를 감춘다

집으로 돌아와
홀로 된 시간의 강이 흐르고
울적해지는 마음에 집을 나서 걷는다
뜰을 지나고 교회 앞을 지나올 때
분홍빛 배롱꽃이 수려한 해당화가
반가이 나를 보고 웃는다

산책로를 얼마나 걸어왔을까
네가 앉았던 자리에 내가 앉아도
네가 보고 있는지, 내 이름 부르는지
돌덩이는 아무런 말이 없다

가을인 듯 부는 행복한 바람이
내 등을 토닥이고
하늘에 흐르는 강을 바라볼 때
길가에 나무도 풀꽃도 춤을 춘다.

달이 움직이는 소리

여름이 주렁주렁 붙어 있는
대추나무 가지가
아직은 걱정스러운 듯 늦춘 걸음
태양이 뜨겁게 머무를 때는
사랑하고 있는 시간이다

뜨거운 계절이 끝나갈 즈음
하늘은 늘 새롭게 높아지려고
흰 구름 밀어낼 때 아프지 않을까

여울에 홀로 노니는 저 황새의 눈물은
외로움을 모르는 것이 아니라
때를 기다리는 것인데
자유로운 영혼으로
마음을 아프게 하는 바람도
외로움이 있을까

선들선들 더넘바람이 일면
먼 길 돌아올 삭풍에 맞서
으스스 잠들지 못하는 황새의 밤
달이 움직이는 소리에
새로이 싹트는 생각이다.

박꽃

달빛 같은 모시옷
결 고운 자태로 지붕 위에 앉아
내려 보던 당신 생각에 젖어
밤하늘 바라봅니다

언젠가부터
달이 뜨지 않은 고향의 생가
나그네 되어 먼발치에서
까치발 딛고 한 번씩 바라볼 때
높은 곳에 창백한 얼굴이 아른거려
무너지는 가슴에
뜨거운 것이 흐릅니다

언제쯤이면
하얀 모시옷 청아한 자태로
지붕 위에 달을 품고 앉아
순박하게 웃던 당신 모습
또 볼 수 있을까요
소유주에 마음이 바뀌어
그날이 오기를 기다립니다.

국화빵 (은자)

뒤울안 앵두가 탱탱하게 익어 갈 때
때마침 장성 오일장 서는 날이다
울 애기 잘 보고 있어라
국화빵 사 오마
그건 내가 열두 살 때 일이다
정지 물 항아리가 비어
물동이로 샘물 길어 나를 때
파란 원피스 입은 세 살 은자 앞서가며
풀빵 사 올 엄마 생각에 나비처럼 흥겹다
이쁨도 독차지하면 신(神)이 질투한다는데
은자 보는 상평마을 사람들
저 애는 커서 뭐가 되려고 별나게 영특하고
앵무새처럼 말도 잘한다고 죄다 예뻐한다
간이역에 꽁지 흔들며 줄행랑치는
기차가 있는 것을 알 턱 없는 은자
마을 앞 저만큼
기적 소리만 울리면 내 손을 이끈다

해 떨어지고
갑자기 경기(驚氣) 일으킨 세 살 은자
끝내 엄마 못 보고
먹고 싶은 풀빵 하나 못 먹고 일 년 같은
그 유월에 하룻밤을 무섭게 보낸 새벽
안개 같은 희망을 붙잡고 찾아가던
대도시 종합병원 그 어귀에서
개똥도 가기 싫다는 저세상(저世上)에
빛나는 아기별이 되었네.

유월에 잎새

비를 맞은 듯 젖은 잎새
사방이 안갯속같이 고요합니다

잠시 흔들리는 촛불처럼
그대 향해 끄적이던 문장들
고이 접어 책갈피에 끼워 두고
아침을 맞습니다

잎새에 맺힌 이슬방울들
고운 아침 햇살에
숨결 다듬는 시간 지나
초록에 생명은 눈부심으로
정아합니다

칠월이 다정히 다가와
내게 속삭이며
청포도 익어가는 것처럼
곱게 익어가자고 합니다.

무궁화꽃

8월에는
기상나팔처럼 피어난
무궁화꽃이
더 새롭게 보인다

샛바람에도 굴하지 않는 꽃
비에 젖어도 꽃은
더 선명한 얼굴로
더 환하게 웃는다

그날에 벅찬 환희처럼.

8월의 어느 하루

하루살이 같은 땡볕은
덜 여문 들녘이 기다리겠지
사람은 어찌나 괴롭고 따가운지
푸른 물 냄새 찾은 일개미 가족들
흐르는 포천 계곡에
등줄기 솟아난 짠물 씻어낸다

떼 지어 다니는 참새처럼
삶에 지친 뭇별들 우르르 몰려와
물 만난 고기처럼
면경 같은 계곡물에 발 담그고
물장구치며 와 ㅎㅎ
시원한 웃음소리 만원이다

얄밉게 따라오는 불같은 태양은
무성한 이파리에 꼭 숨기고
도란도란 둘러앉아 이야기꽃 피우며
내일을 그리는 환한 얼굴로
막바지 여름을 먹는 우리는
오늘이 더없이 향기로운 날이다.

찔레꽃 2

무심코 걷던 뜨락
스며드는 익숙한 향기
돌아보니 햇빛 같은
당신입니다

모시 적삼 곱게 차려입고
울 밑에 선 찔레는 꽃잎마다
서러운 눈물입니다

마디마다 풋풋한
가시 그리움 안고
맺어 놓은 붉은 열매 바람 같은
인고에 세월입니다

짠하게 웃고 있어도
향기가 진동하는 마음에
당신 이름 가득합니다.

나무 아래서

푸른 이파리
무성히 매달아 놓은
나무 그늘 아래로 찾아듭니다

송골송골
이마에 맺힌 물방울
물 냄새 그리운 걸 보니
이제 여름인가 봅니다

후끈 달아오른
대지의 열기 뜨겁고
눈 따가운 햇살에
초록 양산이 되어 주는 나무는

살랑살랑
바람에 흔들리면서도
길 가는 나그네에게
시원한 그늘만 내어 줄 뿐

나무의 바람은
오로지 저 하늘 하나로
묵묵히 서 있습니다.

3부. 그리운 것들

가을이구나

영원히 사랑할 것처럼
끈적끈적 온몸을 뜨겁게 감싸던
여름 떠난 자리

시리도록 높푸른 하늘
그리운 이에게
손 편지 쓰는 하얀 뭉게구름

알알이 금빛 옷 갈아입고
더 겸허해진 들녁
그 속에 담긴 고향의 내 유년

살갗에 와 닿는 시원한 바람
내가 좋아하는
너 가을이 왔구나.

사랑하는 이유

내가
가장 사랑하는 계절은
그대 가을입니다

딱히
이유는 잘 모르겠습니다
아마도 한순간
활화산처럼 사랑하다
그 사랑 떠나보내고
초연히 쓸쓸해진 모습이
누군가를 닮아서인 것 같습니다

그리하여 그대도
그리운 이가 많을 것 같고
나도 그대를 그리워하기에
그대처럼 나도 누군가에게
그리워하는 사람이 되고 싶어
이 계절 속
풍찬노숙하는 별들처럼
그대 가을을 사랑합니다.

그리운 것들

너와 내가 살았던 옛 동네
익숙한 좁은 골목길
낮은 지붕들 사라진 자리

전봇대처럼 쭉쭉
생겨난 빌딩 숲
대리석처럼 매끈하고
초록으로 눈이 부시다

다시 볼 수 없는 것들
다시 들을 수 없어 슬픈 것들
그래서 더 그리운 것들

구멍가게 아주머니 구수한 목소리
넉살 좋은 세탁소 주인의 말소리
즐겨 찾던 포장마차 정겹던 간판들
분식집 빵가게 미용실
밤길을 비추어 주던 하얀 가로등 불

세련된 도시화가 삼켜버린 것들은
아련한 기억 속에 그리움 되고
반짝반짝 낯설기만 한 풍경에
왈칵 쏟아지는 눈물이다.

백두산 가는 길

그리도 그리웠던 천지
민족의 영산 백두산 가는 길

두근두근 벅찬 설렘 안고
중국 땅, 구름 위를 날아
조선족이 터를 이룬 연변을 거쳐
백두산 자락에 들어섭니다

비구름 짙은 산정 그 아래
천상의 낙원처럼 발아래 지천으로 자란
이름 모를 야생화 고개 흔들어 반기고
용암이 토해 낸 부석돌 틈 사이
바위구절초, 노란 두메양귀비의 숨결
찬바람에 바르르 떠는 소리
이내 빗방울 떨어지는 소리 들립니다

그냥 돌릴 수 없는 발길
변화무쌍한 날씨에 희망을 걸어
마치 순례자처럼 계단 위에 끝없이
이어지는 관광객 속에 서서
천지를 향해 오르고 또 오릅니다

간절함에 응답일까?
순식간에 호수 쪽만 비구름 사라지고
신(神)의 군사처럼 천지를 에워싼
16개 봉우리 그 아래
웅장하게 드러나는 푸른 하늘 눈빛
송화강 젖줄로 빠져나가는 달문
아름다운 천지 비경에 정신 팔려
일행과 흩어지고
추위와 시간에 쫓기는 초조함
놀라운 자연 앞에 온몸이 숙연해집니다

풍문으로 들었던 장엄한 장백폭포
떨어지는 소리가 심장을 울립니다
신(神)의 옷자락처럼 하얀 포말로 달려가는
신비로운 물줄기, 이도백하로 흐르고
가문비, 자작나무 숲 지나
온천수 계란 옥수수 찌는 냄새 뒤로
잊지 못할 추억 안고 먼 귀로에 오릅니다
2025년 8월 14일을 기억하며...

나 이렇게

그대가 그리운 날에 시(詩)를 쓰고
쓸쓸한 날은 거리를 걷는다

그래도 그대가 그리운 날은 미워하고
울고 싶은 날엔 곱던 때를 생각한다.

그래도 좋은 가을

지독하게 마음을
흔들어대는 것이다

혹독하게 마음을
아프게 하는 것이다

슬픔으로 찬란한 네가
왜 나는 좋은 것이냐?

네가 머문 시간 속에
심장이 몹시도 아팠던
한 청춘이 있었다.

초가을에

마을 길을 걷다 담장 밖
눈길이 가는 저 감나무
오메, 입안이 떫어라

백로절(白露節) 며칠 지나서인가?
조석으로 살갗에 와 닿는 서늘함,
한낮 스미는 햇살은 그리움이라

무, 배추 파릇파릇 자라는데,
문 활짝 열어 놓고 때때옷 갈아입을
저 숲에 잎새는 서러워라

어이할 거나,
머지않아 북풍한설 몰아치면
쓸쓸한 나신에 나목은

세찬 바람이 불어도,
뿌리가 튼튼한 저 나무는
눈 그치면 뜨는 태양일 것이다.

호수

청명한 하늘을 품고 있으면서
칠흑 속 아픔은 심연에 묻어 두고
언제나 평온한 듯 고요하다

속 깊은 마음을 지닌 나는
어느 시대에 명문가 귀족이었을까
비바람을 맞으며
달을 안고 별을 노래하고
물레방아 돌 듯 비우고 채우며
햇살처럼 잔잔히 웃는다

해 저물어 등 시린 밤
별빛이 고독처럼 스며들 때
문득 밀려오는 강 저편의 그리움을
주름진 내 마음에 띄워
비처럼 쏟아지는 따스한 햇살
세상에 피우려 한다.

친구

혼자 집에 있으면 외로운데
같이 바람 쐬러 가자고
자꾸만 불러내는
친구가 있어 행복하다

항상 혼자서 나가는 법이 없다
잘 어울려서일까?
좋아해서일까?
명품 같은 그녀는 나와 같이 있을 때
꼭 잡은 내 손을 놓지 않는다

종일 동행하며 무수히 토해 내는 말,
들어도 못 들은 척
옮기는 법이 없는 여인이다

부모도 출생지도 다 다르지만
서로가 가장 잘 알고
이해할 수 있는 고마운 사이
그래서일까?
둘만의 소중한 것을 담아
간직해 두는 것도 우리 둘이다.

구절초 내 어머니 꽃

독야청청 그 모습 그대로
쑥빛 치마에 하얀 모시 저고리
곱게 차려입은 구절초꽃

순백의 고고한 자태로 앉아서
솔숲에 시를 쓰고 있는 여인
어머니 닮은 구절초 천상의 꽃

쓸쓸한 이 계절에 아홉 마디
순결한 구절초 피어나면
더 생각나고 보고 싶은 어머니

새하얀 구절초꽃
온화한 자태로 가만가만 걸어와
단풍객 노닐고, 쪽빛 하늘에
조근조근 속삭이는 곳이면

섬이나 강가 어느 숲일지라도
내 어머니 보듯 그곳을 찾아
가을 햇살에 말갛게 웃는
낯익은 하얀 얼굴 보러 갈 테요.

당신의 향기를 기억합니다

꽃은 피기 전에
빨간 장미는 화려한 대로,
잔잔한 국화는 소박한 대로
그 꽃만의 깊은 향기가 있습니다

그런 향기를 꺼내어
세상에 꽃피울 수 있도록
불어넣는 바람도 있습니다

누군가를 위해
뜨거운 열정을 쏟아내던
당신의 향기 같은 것이지요

그 열정은 여전한가요?
그때의 향기를 기억하며
나는 내 꽃을 피우겠습니다

오렌지빛 하늘에
시 꽃을 그리며
행복한 웃음을 보일 수 있도록.

꽃무릇 (석산)

살랑살랑 갈바람 불면
은빛 햇살 내리는 단풍나무 아래
고요히 피어난 꽃무릇

한결같이, 그 자리에
붉은 그리움으로 피어나
가랑잎을 깔고 앉아 임을 기다리다
소리 없이 흐느끼는 꽃이여

이별하고 사는 꽃이
너 하나뿐이겠는가
물소리, 바람 소리, 지저귀는 산새 소리
네 벗이지 않은가

사랑도
잠시 지나가는 소낙비 같은데
보고 싶어도 볼 수가 없으니
이 가을에 피어난 너도
어느 쓸쓸한 꽃처럼 슬픈 꽃이다.

가을

사방을 둘러보아도
붉은 치맛자락 같은 단풍은
눈시울 적시던 당신 뒷모습 같고
풍요로운 들녘은
그지없는 마음 같습니다

주고 또 주고
한없이 퍼 주어도
자식에게 내어 주는 것은
더 못 주어서 미안하지!
아까운 것이 하나도 없다고
세상 소풍 끝나는 날까지
내어 주는 어머니 마음

일렁이는 산야 오색 빛깔
가만히 들여다보면 볼수록
가을이 그렇습니다.

그리움이 부르는 날

덥다고 아우성치던
뜨거운 계절이 언제 있었을까
새벽 기도 가는 길,
제법 쌀쌀한 바람이 내 옷깃을 여민다

뜨락에 둥근 달처럼 홀로 서서
밤새도록 나를 지켜주던 가로등 불빛
그 아래 맑은 이슬에 세안하는
꽃무릇이 소슬하다

누군가 보내온 가을 안부처럼
머리를 툭 치는 낙엽 한 장
그리움이 부르는 걸까,
무작정 달려가 보고 싶은 그대는
당신처럼 청량하게 웃고 있는
구절초입니다.

초가을 밤

귀뚜라미 우는 정원에
둥근 달빛이 대낮처럼 내려와
앉아 있다

오월보다
푸른
초가을 밤

둥근 달빛 아래
둥근 가로등이 달처럼 피어나고
달을 맞이한 달맞이꽃이
요정 같다

달빛이 스며든
감나무 잎새는 속이 환히 보이고
애절하게 간간이 우는
매미 소리를,
낮은 곳에 겸손히 앉아 있는
맥문동이 듣는다.

하늘

더없이 푸른 저 하늘에 임도
지상에 두고 간 것이 있나 봐
그리움 하나
흰 장미처럼 구름 꽃 피워 놓았네,
나 여기 있어
보아 달라고 웃으며
내게 말을 걸어오네
또 행복해야 해라고 하네

"나는 왜 눈물이 날까"
하늘은 더없이 푸른데.

우리 그러자

한 번 왔다 가는 인생인데,
두 번 꽃 피우지 말란 법 있겠는가?

일 년에 두 번 꽃 피운
저 자목련처럼,
다시 한번 생의 꽃 피워 보는 거야.

나무의 말 (인생)

그렇게 푸르른 날
그토록 뜨겁던 날들
계절 속 시간에 쌓인 희로애락
사방에 널려 있는 추억이 한 가마

긴 세월 걸어오는 동안
꽃 피우고 열매 자랄 때
왜 흔들림 한 번 없었으랴

비가 오면 비에 젖고
바람 불면 뿌리까지 흔들릴까
꾹꾹 눌러 다잡은 마음
물 마를 때 쓸어 담은
그리움이 말려 또 한 가마

붙잡고 있던 무게 다 내려놓고
삭정이처럼 적막하다는 것은
홀가분하다는 것
돌아볼 게 많은 초연한 시간이다.

익모초 (益母草)

땅속에서 흙을 보듬은 뿌리
어둠은 두렵지 않다

쉬 화사한 얼굴 보여주지 않는 너
아니 보여줄 수가 없다
긴 시간 흙 속에서 뿌리를 단련시키며
성숙해지는 법을 배운다

다시 추운 겨울을 견디고
들어낸 자태
너는 뽑히지 않고 보호받는 존재로
잎맥은 햇살에 숨결 고른다

비는 각진 줄기를 타고 스며들어
시간이 지날수록 어머니 손바닥처럼
갈라진 이파리를 낳는다

혀끝에 진힌 그 쓰니쓴 맛으로
어머니 몸을 다스려 사랑받고,
겨드랑이 같은 이파리 사이사이마다
층층이 분홍빛 입술 달싹이며
너는 말한다
고생 끝에 웃는다고.

그 사람 (남편)

맑은 이슬 한 병이면
세상을 다 가진 듯 행복한 사람이다
친구들과 둘러앉아 소주 마셔도
자기 입에 안주하나 못 넣고
잘 먹는 친구들 입만 보아도 배부른 사람
대동강 물이 냇물같이 줄어도 울까 싶지만
술 공장 망해서 문 닫으면
길바닥에 두 다리 뻗고 앉아 통곡할 사람
얼큰히 취해 있을 때
"긍게 그 소주가 나보다 더 좋아?"
쓰잘데기 없는 소리
만만의 콩떡이다 하는 사람.
술에 거나히 취해도
아이스크림 한 봉지 빵빵하게 사서 들고
집에 오는 길,
만나는 사람 여기저기 다 나누어 줘도
맨 마지막 한 개는 꼭 쥐고 와서
제 아내 갖다주는 사람
결혼하고 살아 보니 좋아한 것은 술이요
멋모르고 친구 따라간 색시 집 문 앞에서
"걸음아, 나 살려라."
그냥 돌아오는 보증수표
마음 하나, 민들레 같은 사람이다.

스마트폰

그대에게 쓴 가을 엽서
울긋불긋 매달린 나뭇가지에
서리 까치 날아오면
고운 임 소식 오려나, 너를 바라본다

문득 떠오르는 그리운 사람
청량한 목소리 그리울 때
네가 있어 언제 어디서나
국화처럼 웃는다

이제 너 없으면 안 되겠다
기쁜 일 슬픈 일 생기면
부랴부랴 찾는 것이 너뿐이다

거리를 걷다 시간이 궁금하고
알고 싶은 정보를 찾아보러
손에 꺼내 들면

새까만 액정에 시계보다 먼저
내 얼굴이 비치는 폰
거울 같은 스마트폰이다.

오늘 신부에게

풀꽃같이 예쁜 한 쌍을
축복해 주려고
안성 가는 길입니다

차창 밖으로 보이는 들녘에
황금 마차가 달려오고
바람이 살랑일 때
익어가는 계절이 손 흔듭니다

코스모스처럼 단아한 두 사람
서로의 바람이 되어
저 풍요로운 가을처럼
마음 넉넉히 여문 삶이 되어
백년해로하기를 기도해 봅니다.

천년의 사랑

빼어난 송도삼절이 있어
산수 좋은 송악산 화담(花潭)에
천년 사랑이 흐른다

꽃보다 붓끝에 향기로
유혹을 이겨내는 강한 지조
움켜쥐었으나 아무것도 보이지 않은
목석같은 가슴에 이는 사랑이다

곧은 소나무도 그 아래 풀꽃도
하늘 아래 사는 모습은
다 똑같다는 진리로 장벽 허물어
평안의 세계로 이끈 사랑

한 줌 먼지로 남을
육신의 사랑보다 더 깊은
정신적 기(氣)로 통한 사랑 하나가 꽃 피이
오매불망 그리던 임
흔적 더듬는 꽃이 그리움으로 남아
세상 속에 천년 사랑이 흐른다.

시인의 언덕에서

인왕산 자락에는
순수한 시인의 마음처럼
하얗게 앉아 있는 집 하나 있고
벽에 박힌 시어가 반짝인다

목숨보다 우리말을 사랑한
숭고한 젊은 영혼 앞에
드나드는 벌 나비도 숙연해지고
마음 깊은 곳에서
울컥 분노가 생긴다

시인의 발자취 따라
시인의 언덕 한 계단씩 오르며
하늘을 우러러
한 점 부끄럼이 없기를 읊조리면
풀꽃도 귀를 쫑긋 세우고
산 까치도 따라 읊조린다

스물일곱, 짧은 생을 살다 간
시인이여, 슬픔을 삼키며
우리말로 빚은 주옥같은 시어들
영원히 기억할 것이다.

다르다

어제 덜덜 떨며 걸었던 산책길
오늘은 또 날리는 눈발에
소녀처럼 마음이 들떠 걷는다

지금 스쳐 간 사람들은
어제 보았던 사람들이 아니고
시간처럼 시방 흐르는 저 개울물도
그 아래 흐르는 온천수 같은 샘물도
어제 흐르던 물이 아니다

빛을 잃은 물억새는
백발로 서서 춤을 추고
왜가리, 청둥오리, 피라미도
또 다른 곳에서 먹이를 찾거나
양지에 웅크리고 있다

향기롭던 노란 꽃은 사라지고
해님이 웃고 달이 말을 걸어와도
나를 기다리는 갈색 벤치 하나,
그대처럼 웃는 얼굴로
저기 앉아 있다.

미혼모 (뻐꾸기)

설익은 하룻밤의 풋사랑이었나?
달콤한 시간도 잠시
둥지도 틀지 못한 그는
씨앗만 남겨둔 채 뻐꾸기처럼 떠나갔다

몰래 한 사랑의 죄
외딴 셋방에 홀로 핏덩이를 안고 우는
그녀
뼈아픈 사랑이다

측은지심일까
동병상련(同病相憐)일까
먹여 살리듯
온정 베푸는 손길이 있어
서러운 셋방에 푸른 웃음이 자란다

기러기 가족처럼 살아온 삶
세월 바람에 녹아들고
다 자란 아이는 둥지를 떠난다.

톱니바퀴와 수레바퀴

장바구니를 들고 나서면
얄팍한 주머니엔 고민이 쌓인다
원하는 것은
저 산 넘어 세상에 있는 것 같다

우리는 즐거움을 누릴 수 있을까
푸른 하늘처럼 미래는 보이는 것일까
은둔 같은 생활이 사라지고
어딘가에서 나래를 활짝 펼칠 때
세상은 수레바퀴처럼 돌아갈 것이다

기다리면 꿈같은 내일은 오는 것일까
미래는 자라나는 새싹이다
저임금으로 자택을 마련해 결실을 보기란
하늘에, 별을 따는 일이다

톱니바퀴는 굴러가는 중이다
더 탄력 있게 굴러갈 수 있도록
소비노 생불도 사물도
음과 양의 조화를 이룰 수 있을까?

절벽에 선 것처럼 어두운 밤
그러나 아직 희망은 있다
내일을 향해 달리고 또 달려가자.

낙엽

따뜻한 의자에 앉아
버스를 기다리는데
내 어깨를 툭 치는 그녀

가는 곳이 초행인 듯
야윈 얼굴로 길을 묻는다

그녀도 푸르른 날엔
뜨겁게 사랑했을 텐데
이제 가야 할 길을 아는 듯

바람에 나부끼는
쓸쓸한 나그네 되어
막차를 타며 손을 흔든다.

4부. 엄마의 손길

이런 날

하고 싶은 말 다 할 수 없어
쓴웃음 달콤하게 짓는 날
그냥 걷는다
오늘은 그러고 싶은 날이다

속이 홍시처럼 문드러져
터벅터벅 혼자 걸을 때
눈이라도 내리면 그가 그립겠지만
이런 날 걷는 것은
훗날 내 추억이 될 것이다

추운 날씨 때문일까
찬바람에 고목이 된 몸
가파른 고갯마루
삭정이 부러지는 소리가 서글프다

두리번거리자 저만큼
손짓하며 나를 부르는 긴 벤치 하나
햇살이 데워 놓은 곳에
바람이 내 팔을 붙잡아 앉힌다.

엄마의 손길

누구일까 고즈넉한 밤
작은 가슴을 울리는 소리
두 방망이에 설움을 싣고
가난을 토해 내듯 맺힌 한 풀어낸다

뽀얀 광목 이불 홑청
빨랫줄에 앉아 겨울을 말리던 날
빳빳해진 하얀 광목 홑청
대청마루에 목화솜 납작 누우면
네 아귀에 맞춰 반듯한 햇살이
시계 초침 같은 바늘로
자벌레처럼 누에걸음으로
홑청을 꿰매었다

풀 먹인 옥양목 서늘한 냄새
형제들 깔깔대며
무거운 이불 끌어당길 때
끈끈한 가족愛가 자라던 그 겨울밤
잠든 얼굴을 매만져 주던
거칠어진 손길이 있었다.

이것이 봄일까

청춘은 시작부터 걷는 길이 가시밭길
꿈꾸는 봄이 있어 달려오다 만난 인연
핑크빛 사랑받을 때 봄인가 착각했네

불혹에 임을 여의고 텅 비인 가슴 한쪽
창살 없는 감옥처럼 웃어도 젖은 눈빛
사랑을 갈무리하는 시인의 길이런가.

소나무

참 곧은 모습으로
세상에 소풍 나와

굴곡진 내 인생의
위로와 희망 주는

아들아, 네가 있어서
내 삶이 동살이다.

커피

첫 만남이 향기로웠어,
새까만 눈빛
그대 향기에 헤어나지 못하고
그냥 빠져들었습니다

그대를 욕심내는 날은
밤잠을 뒤척이다 새벽을 맞아
어둠처럼 밀어내려 했지만
그러기엔 너무 사랑했습니다

아침에 눈을 뜨면
그대가 나를 하루로 이끌고
지탱하게 하니
곁에 있어야 행복합니다

당신과 함께한 숱한 날들이
주마등처럼 스쳐 가기에
그대가 없는 나의 삶은
노른자 없는 달걀입니다.

첫사랑

눈이 내리는 고요한 새벽
천국 같은 길 위에 사뿐히 흔적 남기며
너를 만나러 가는 길
가로등이 내 배를 보고 웃는다

섣달을 말아 쥔 두 손에
온 힘을 모아 힘껏 힘주었을 때
세상을 향해 부른 너의 첫 노랫소리
눈처럼 깨끗한 네가 태어났어,
가슴 벅찬 환희였지

하얀 겉싸개 두른 네가
내 가슴에 희망으로 안기는 순간
오랫동안 불리던 내 이름은 사라지고
네가 달아 준 새 이름, 아기 엄마
해바라기처럼 바라기 하는 다솜이다

샛별같이 반짝이는 초롱초롱한 눈
새순처럼 보드라운 손은 꼼지락
분 냄새 나는 뽀얀 살결
배냇저고리 날갯짓, 온 세상이 아름답다

설경 위에 살포시 앉은 눈부신 햇살
생글생글 아지랑이처럼 피어나는
너의 웃음은
내 생에 웃고 살라는 꽃이다.

여행지에서

아! 생각난다. 고향 저 굴뚝 연기
요동친다. 마음이 도란도란 구들방.

설

고요한 섬이다

명절이 다가오면 누군가는
마음이 풍선처럼 부풀겠지만
오갈 데 없는 누군가에게 설은 섬이다

소슬한 마음을 허겁지겁 음식으로 채워 보고
TV 속 고속도로 귀성객을 부러운 눈으로 보며
눈이 내리는 창밖 하늘을 바라보다
남쪽에도 하얀 눈이 오겠지 한다

그러다 고향 갈 생각에
추위에 덜덜 떨며 장사진을 이루던
그때 그 시절 서울역이 되돌아오면
세월만 먹은 무상함을 느낀다

또 전화기 들고 손으로 만지작거리면
오메, 아가 내 새끼 오냐? 춥다 어여 들어가자
엄마 말을 바람이 부쳐오면 가슴 치며
수신자 없는 옛 전화번호만
현관 번호 키 누르듯 한다

새해 떡국 끓이는 누군가에게
설은 꿈꾸는 섬이다.

달이 뜨지 않는 생가

꽃 피는 고향에는 생가도 있건마는
따뜻이 안아 주던 어머니 뵐 수 없어
쓸쓸한 서쪽 하늘만 우러르다 봅니다.

어버이 살아생전 몇 번이나 왔었던가,
이제 와 달빛 없는 생가를 보고 서서
한없이 내가 서러워 자신이 미웁니다

여름밤, 별을 덮고 앞마당 평상에 누워
우리가 별을 세던 추억이 서려 있는 집
가마솥 옥수수 냄새 풍기는 듯합니다.

여름날 저녁이면 팥칼국수 끓일 때에
동네잔치 하던 풍경 아득한 그리움들
고향이 좋다는 말도 달이 뜰 때입니다.

별 하나에 등불

창가에 홀로 서서 바라보는 먼데, 별이
이 별이 어두울까 저 별이 등 밝히네,
섣달 밤 시 한 수 지어 바람에 전해볼까

세상에 태어나서 사랑도 죄라 여겨
긴 세월 면벽 수행 심어놓은 흔적들로
돋보인 저 별 하나가 천지에 반짝이네.

꽃씨

커피 한 잔 하려다
컴퓨터를 열어 詩 강의를 듣는다

돋보기 넘어 깨알 같은 활자들
흐릿하게 눈에 들어오고
맛깔나게 들리는 다양한 언어가
더 흐려진 내 뇌리를 스치며
잠재된 의식을 일깨운다

깜박깜박 하는 내 뇌리에
오늘 들은 저 명 강의 중에
등대 불빛 같은, 다디단 씨앗들
몇 종류나 더 생생하게
살아남아 있어 줄지 모르겠다

한 번 두 번 아니 더 긴 시간
마주하며 함께 해야 되겠지만
식어버린 커피를 뜨겁게 데워
창문을 연다

눈이 내린다 하늘에서
기별도 없이 언제 왔을까.

첫눈

모두가 잠든 사이
거대한 동양화를 그린 화가를
보지 못했다

외눈박이 가로등은 보았을까
첫눈이 오는 모습
그는 새침하게 말이 없다

눈을 뜨고 창문을 열었을 때
소리 없이 색칠해 놓은
하얀 세상에서

청명한 까치 노랫소리가
오지게 들려올 뿐이다.

오늘 아침

아이를 지하철역에 데려다주려고
창밖을 보니 솜털 같은 흰 눈이
보이지 않았다

아파트 입구에서
기다릴 아이를 생각하며
지하주차장으로 갔는데
버튼을 눌러도 차 문이 열리지 않았다

어머나! 차 키를 놓고 왔네,
초침인 듯 심장 소리가 빨라지고
단숨에 지하주차장 계단을 올라와
엘리베이터 타고 10층 버튼을 눌렀다

멋쩍은 손이 주머니에 들어갔는데
이게 뭐지 다급히 또 주차장으로 가자
하필 스마트키를 움직이는 주인도
오늘 아침 떨어지는 나엽처럼 방진이다

엄마 추운데 들어가세요, 하며
버스를 타고 간 아이 급하게 또
지하철 갈아타며 2시간을 가야 되는데
지각하면 어떡하지....

말

세상에서 가장
무서운 것이 있다면 그것은
보이지 않는 사람의 말이다

발이 없어도 천 리를 가고
날개가 없어도 세상 속을 떠돌며
뻥튀기처럼 부풀어 오르는 것이
사람의 말이다

총이나 칼보다 무섭고
그 어떤 무기보다 강력하여
사람도 해할 수 있는 것인데
너와 나, 우리가 세 치 혀로
무심코 툭툭 토해내는 말 속에 가시
누군가의 가슴에 비수처럼
꽂히게 되는 것이 사람의 말이다

말 한마디에
천 냥 빚을 갚는다 했던가,
누군가에게 그 말 한마디가
그리운 사람이 되자.

누가 물으면

왜 사느냐고 누가 물으면

언덕이 되고 싶어서
숙명인 듯 글을 쓰고 기록해야 해서
연기처럼 사라져 갈 내 인생
술친구 밥 친구 말고
뭘 하고 살았나, 지금껏
다 살아보지 못한 슬픈 내 운명이
궁금해서라고 할래요

왜 사느냐고 다시 물으면
천운(天運)인 듯 이어진 생
고운 마음에 아직 피우지 못한 꽃이
있어서라고 할래요

단 한 번 밀어 낼 줄 모르는 울창한
편백나무 숲이나 솔숲을 찾으면
가슴에 꽉 채워지는 향기만으로도
외롭고 아픈 상처가 비워지니
풀숲에 꽃처럼 맑은 내 마음에 담을
참사랑 하지 않을까요.

촛불 앞에서

정월에 온밤이 당신 생각으로
속이 까맣게 타들어 갑니다

지난밤에도 당신 생각에
마음의 텅 빈 공간을
아픔과 그리움으로 채우며
울어야 했습니다

오늘은 차가운 바람이 불고
눈이 내립니다
온몸이 눈발처럼 흔들리지만,
나는 당신 마음의 소리를 들으며
굳은 심지로 내 마음 밭에
뜨거운 촛불 하나 밝혀 둡니다.

만찬

시린 하늘을 이고 재래시장에 나와
사람들 속에서 식재료를 사기 위해
두루두루 좌판을 둘러본다.
잔설을 헤치고 와
넙죽 앉아 있는 봄동 옆에
해풍에 볼기 맞은 시금치가 새파랗고
쪽빛 바다 건너온 당근이 해설피 누워 있다
풋풋한 것들 몸값을 치르고
냉이와 대파도 장바구니에 담았다
참새가 방앗간을 못 지나가듯
수산물 파는 곳에서
갯벌 냄새 나는 낙지도 세 마리 샀다
생기 없는 골목길 상가에
하나둘 켜지는 불빛 따라
터벅터벅 발소리 내며 집으로 가는 길
무거울 것도 없는 장바구니가
헐떡이며 따라온다.

보리밥에 냉이된장국
봄나물에 낙지볶음으로
어둑어둑한 해 저녁에 혼밥으로
하루를 마감해 본다.
밤이 지나고 나면 아침 해가 맞아줄 것이고
오지 않던 그 벗도 다시 올 것이다.

만학의 결실

청운의 꿈은 꿀 수조차 없어
가슴에 묻고 달려온 세월
파뿌리 된 머리로 대학에 문을 두드렸다

나이를 불문하고 어깨를 나란히 하며
꿈꾸는 학우들과 겨루는
사이버 캠퍼스는 뜨거웠다

안개 낀 호수 같은 눈으로
컴퓨터를 켜고 詩 강의를 들을 땐
아 이런 시도 있구나!
시를 이렇게도 쓰는구나!
또 철학 강의를 들을 때면 귀신론에 입각하여
시 해석해 놓은 것을 보며
눈이 휘둥그레지기도 했다

폭넓은 세상을 배우며
4년 과정을 이수하고
내 머리에 씌워진 학사모
가슴을 짓누르던 무거움은 사라지고
종달새처럼 가벼워진 가슴
새로운 나래를 편다.

옥수(玉水)

너 없이 웃을 수 있을까
하루도 살기 힘들겠지
내 삶을 싱그럽게 하는 존재이다

두 팔을 벌리면
딱 그만큼 거리에 있는 너라서
가장 낮은 곳까지 외면하지 않는
산소(酸素) 같은 너라서
나보다 먼저 네가 떠나지 않을 거라
생각해 본 적 없어서
소홀히 대했던 것은 아닐까

하얗게 서리꽃 피운 수빙처럼
때로는 차갑게 굳어진 너
그러다 또 봄처럼 해맑은 얼굴로
가야 할 길을 알려주는
길잡이 같은 너
두 손으로 감싸 만져보는 것이다.

눈 속에 개나리꽃

바깥세상이 궁금한 것일까
성급하게 문 열고 나온 여린 개나리꽃
가지만 앙상한 줄기에 앉아
별처럼 환한 얼굴로 웃는다

바람이 불고 함박눈이 내린다
노란 꽃 얼굴 위에도
낙엽 진 나뭇가지 사이사이에도
하얀 눈은 나비인 듯
사뿐사뿐 날아와 살포시 안긴다

봄은 아직 멀었는데
한설(寒雪)은 또 몰아올 텐데
여리디여린 꽃이여, 너 괜찮을까

계절을 잊은 듯 성급하게
봄을 외치고 나온 개나리꽃
흰 눈 속에 천진한 너를 보며
내 마음도 황홀한 봄 속으로 달려간다.

노동의 하루

D마트 대치 근무 하루 하던 날
오만 가지 아이들을 반질반질
진열대에 앉혀 놓았다

상객들은 호박꽃 속에
꿀이라도 찾는 듯
촉수를 깊숙이 넣어 뒤적이며
손에 든 아이 이리저리 살펴보고
마음에 든다 싶으면 입양해 간다

물어보고 싶다
라면 한 봉지, 과자 한 봉지 사다가
천만년 두고 보기만 하시냐고
내가 나에게 또 묻는다
넌 그런 적 없니?
우린 너 나 할 것 없이 일하는 사람
고충은 모른다

그들이 태어난 날짜보다
시들어가는 날짜에 민감하여
기계처럼 확인에 익숙해져 있다.

덮는다

눈이 내린다, 함박눈
누군가 걸어온 길
여백 없이 덮어 간다

뚜벅뚜벅 걷다 돌아본다
지나온 발자국 선명하다

흰 무명옷 두른 마른 풀이
어깨를 들썩이며 흐느껴 운다

언젠가 그가 먼 길 떠나던 날도
오늘처럼 펑펑
함박눈 내리던 날이다.

상처 (가슴에 묻어둔 이름)

푸르른 햇살 아래 오일장 열리던 날
물동이 이고 가는 열두 살 내 앞에서
어머니 풀빵 생각에 어린 꽃 사뿐사뿐

온종일 흥에 겨워 춤추던 어린 동생
눈과 입 시들시들 어둠에 신음하며
무지개 긴 밧줄 타고 하늘에 입주하네

어릴 적 내 심장에 그렇게 갓 세 살로
또렷이 웃음 주던 은자야, 내 동생아
너 사는 별나라에서 다시는 아프지 마

초롱한 눈빛 같은 네 별이 보고 싶어
뜨락에 나와 앉아 바라본 은하수 강
그날에 너의 모습이 누누이 아리구나.

달빛 구르미

차가운 바닥은 풀어놓은 고뇌로
가득 메워진다

살아도 사는 것이 아닌
고독의 결로
무게를 알 수 없는 어둠이
어깨를 눌러온다

거부할 수 없는 세월처럼
주름진 여인의 젖은 눈빛만이
어두운 방 안에 고독을 삼키고
버려진 맥주 캔들 사이로
잊고 싶은 기억들이 겹겹이 포개진다

붉은 전등 빛이 스민 드레스 자락에
꼬리를 무는 생각들
지우고 싶은 시간
값없이 써 버린 시간으로
되돌릴 수 없는 여인 일생이
빈 맥주 캔 속으로
천천히 구겨져 들어간다

마스카라 짙게 올리고
오색 전등이 번쩍이는 밤무대
스러질 듯 끊어질 듯
여인이 부르던 동백아가씨
누군가는 아직 그 노래 기억하겠지

새로운 출구처럼
어둠을 가르는 달빛(月光)
변화를 꿈꾸는 여인은
달의 기운 아래 야윈 숨 고른다.

길 위의 사랑채

반듯하게 차려입고
탱탱한 얼굴로 향수 풍기며
드나드는 사랑채 아니다

누군가에게 문안 인사하고
글을 배우고 쓰는 사랑채 아니며
한 상 거하게 차려놓고
손님 대접하는 사랑채 아니다

억새꽃 같은 허연 머리로
골 깊은 훈장 한두 개씩 붙이고
굽은 허리로 실버카 밀고 오기도 하며

햇살 한 줌이 그리워서
대문 밖 나서면 딱히 갈 곳 없는
황혼의 가난한 마음이 찾아들어

지난 세월을 되돌려 정담 풀어 놓고
따뜻한 믹스커피 한 잔 나누기도 하며
심심풀이 바둑이 시간을 삼키는
길 위에 사랑채 같은 동네 정자이다.

그 겨울의 눈꽃

한 번은 더 기쁨 주는 꽃으로
눈은 태어나고 싶었나 보다
허공을 휘돌아 와
나뭇가지에 몽실몽실 피어난
설중매 꽃이다

마른 잎 내어주고 쓸쓸한 나무는
살가운 눈꽃을 기다린 것일까
살포시 솜털처럼 안기는 꽃을 반긴다

한 줌 내리는 겨울 햇살에
하얗게 만개한 자태가 눈이 부시고
눈꽃은 흔드는 바람에 녹아
아랫도리로 스며 흐른다

물오름달 되어 배시시 눈뜰 때
나무는
맑은 마음에 꽃을 기억하려나...

더 그리운 것들

김정순 제2시집

2026년 4월 27일 초판 1쇄
2026년 4월 29일 발행
지 은 이 : 김정순
펴 낸 이 : 김락호
디자인 편집 : 이은희
기 획 : 시사랑음악사랑
연 락 처 : 1899-1341
홈페이지 주소 : www.poemmusic.net
E-Mail : poemarts@hanmail.net

정가 : 12,000원
ISBN : 979-11-6284-643-8